In seinem Sessel

Karl Marx

In seinem Sessel

In seinem Sessel, behaglich dumm,
Sitzt schweigend das deutsche Publikum.
Braust der <u>Sturm</u> herüber, hinüber,
Wölkt sich der <u>Himmel</u> düster und trüber,
Zwischen die <u>Blitze</u> schlängelnd hin,
Das rührt es nicht in seinem Sinn.

Doch wenn sich die <u>Sonne</u> hervorbeweget,
Die <u>Lüfte</u> säuseln, der Sturm sich leget,
Dann hebt´s sich und macht ein Geschrei,
Und schreibt ein Buch: "der Lärm ist vorbei."

Fängt an darüber zu phantasieren,
Will dem Ding auf den Grundstoff spüren,
Glaubt, das sie doch nicht die rechte Art,
Der Himmel spaße auch ganz apart,
Müsse das All systematischer treiben,
Erst an dem Kopf, dann an den Füßen reiben,
Gebärd´t sich nun gar, wie ein Kind,
Sucht nach Dingen, die vermodert sind,
Hätt´indessen die <u>Gegenwart</u> sollen erfassen,
Und Erd´und Himmel laufen lassen,
Gingen ja doch ihren gewöhnlichen Gang,
Und die Welle braust ruhig den Fels entlang.